KB097427

슬픔도 졸이면 단맛이 난다

지혜사랑 294

슬픔도 졸이면 단맛이 난다

임영남 시집

지혜

시인의 말

마음 떠나면 지척도 먼 길인데
마음 있으면 먼 길도 지척이 되는 세상
바로 여기에 내 마음 심고 돌아서는 길
지금도 슬픔을 졸이고 있을 당신을 응원한다

2024년 9월
임영남

차례

1부 내일 가도 돼?

2부 새벽 발자국

3부 구부러진 기억

4부 너의 안부가 궁금한 날

• 일러두기
 페이지의 첫줄이 연과 연 사이의 띄어쓰기 줄에 해당할 경우 > 로
 표시합니다.

1부
내일 가도 돼?

눈길

입춘立春에게 편지가 왔다
어서 길을 내라고
우체통으로 향한
눈부터 쓸어야겠다

보리밟기

서릿발이 칼날처럼 돋아도
땅으로 내려가자
위로 건네러 왔구나

꽁꽁 언 몸 부웅붕 떠올라도
땅으로 내려가자
따뜻한 마음 전하러 왔구나

꺾이고 바서져도 겁먹지 말고
땅으로 내려가자
시린 발 참아가며 꾹꾹 눌러주러 왔구나

너와 함께라면
겨울도 열꽃 돋는
봄이겠다

앉은뱅이꽃

날이 너무 좋아서
하늘 문이 열릴 것 같아
찾아가 전화를 한다

논으로 밭으로
주리고 허기진 배 감추며 새참 간식 물어다
막둥이 입에 넣어주던 어미 새

소금기 얼룩진 낙타 등판으로
풀과 씨름하다
앉은뱅이 꽃으로 오셨네.

'우애 있게 살어.'

날이 너무 좋아서
주고 가신 말씀 무덤에 가득
보랏빛 이슬 맺힌 전화를 건다

봄바람

너의 안달이
내겐 약이 될는지
사막에도 바람이
여우 눈물처럼 더디게 고이며 온다
이젠 깨어나라고

마곡사麻谷寺의 상사화

태화산 줄기 어디에
자장율사 법문法門 숨어 있길래
삼대처럼 빼곡한 먹구름 속에서도
노오란 자비로 피어오른 걸까?

초목은 설법하지 않아도
두 팔 벌려 찬양하거늘
우산 들어 축복을 막는
어리석은 동자승

사랑할 너도, 보고 싶은 너도
꽃대궁 속으로 잇대어 보면
그림자처럼 언제나 한줄기

얼마만큼의 눈물 더 보시해야
자비로운 스승*의 발밑으로 스며들 수 있을까
먹구름 속에서 가만가만 일러주시는
구속의 말씀

* 신라 무선이 '마곡보철'인 스승을 사모하여 '마곡사'라 이름 지었다는
  설도 있다.

16

새해

내일 가도 돼?

성큼 허락하지도 못하면서
왜 가슴이 뛸까

그냥 맞이하면 될 것을
무엇을 준비하려는 걸까

언제쯤이라야
네 말 두려움 없이 받아들일 수 있을까

얼마나 가식의 옷 닳아야
두 팔 벌려 환영할 수 있을까

천년의 바람이
엉킨 가면을 벗겨주고
억겁의 바위가 닳도록

얼마만큼 인연의 끈이 더께 져야
쉬이 맞이할 수 있을까

내일 가도 돼?

어머니의 된장국

달차근한 햇마늘 줄기처럼
당차게 키워내신 육 남매
고단한 땀방울

고춧대 자작한 아궁이불
슬픔도 졸이면 단맛이 나는지
뚝배기 속 고만고만한 수저가 자란다

입춘에 온다더니

동학농민군 땀내 나는 미나리깡
제민천 돌미나리
모세혈관처럼 촘촘한 나뭇가지에
걸터앉아 졸고 있다

가난이 툭 치고 지난
바람이
청국장 뜸들이던 골방 화폭에서
나비춤 춘다

금강에 사는 사람

공산성
낙엽 지는 소리에
누군가가 떠오르면
행복한 사람이다

십 년이 지나도
사십 년이 흘러도
비단강을 닮아 순하게 모여 사는
금강에 사는 사람

너를 지척에 두고도
소식 전하지 못했다

소중한 것들은
온기가 있다
서둘러 너에게
편지를 쓴다

너만 보면 흔들린다 2

살아있다는 건 아름다운 거다
강물은 가만히 서서 출렁이는 것 같으나
사실은 심연 깊이 감싸 안으려는 거다
가만히 귀 대어 들어 보아라
가난한 초가지붕 돌담 사이로
음 메 에에~ 염소가 젖을 물릴 때
골짜기마다 넘실대는 아지랑이 모습
묵묵히 세상을 향해 허리 굽히며
따뜻한 텃밭을 일구는 소리
꼬물대며 차오르는 새살 돋는 소리
아래로 아래로만 흘러도 더욱 힘찬 저 물소리

봄 편지

웃음이 입술 가득 번질 수 있다는 건
가슴 뿌듯하여 먹지 않아도 배부르다는 건
혼자 있어도 늘 콧노래가 이어진다는 건

네가 있기 때문이다

자궁 속에 돛을 달고
목표도 없이 출렁이고 있다는 건
나이도 점령할 수 없다는 건

네가 있기 때문이다

오월의 노고단

뱀사골을 지나 노고단에 오르니
아래는 초록이 우거졌는데
노고단 가는 길엔
어린 싸리순, 오이순, 홑잎들이
이제야 반들반들 얼굴을 내민다.

나물꾼들은 어린순을 사정없이 유괴한다.
무자비한 독재자의 갈퀴손에
아가 살결처럼 보드라운 어린 취순이 떨고 있다.

할미꽃, 민들레, 철쭉 선택받은 아이들은
'산나물 채취 금지' 팻말을 들고
사진 속에 서 있다

오늘은 네가 꽃이다

봄이 오는 언덕

어려울 땐 쉬어가세요
힘들면 내게 기대어 울어도 돼요
나도 모르는 나를 사랑하는 당신
절망보다 무서운 때
걷다가 쓰러진 나를 업고
언덕길 오르며 쉬어가자 고요히 다독이는 당신
꿈속 진달래

토닥토닥 숲 속

가끔 추억 여행을 떠나보는 건 어떨까
지금보다는 풋풋한 냄새가 나는 벚꽃 길 걸으며
싱그러웠을 여름날
필리핀의 어느 그늘 덮인 밀림 속을 거닐며
때론 스콜 현상으로 인한 장대비도 토닥토닥 맞아가며
히든밸리 속 온천욕을 즐기는 건 어떨까
아주 때때론….
쓰담쓰담 잘 살아왔다고
속삭여주는 건 어떨까

내 마음의 눈썹달

얼마가 지났는가
새벽녘 차오르던 물을
무심히 바라보며
너의 얼굴을 그려 넣는 동안
너는 갯벌에 앉아있고
누군가는 목젖이 타들어 갔다

어머니가 문 앞을 서성이듯
난 갯벌을 서성이고
너는 저만치 출렁인다

어느새 또 널 그렸다
바다는 멀어지고 갯벌엔 네가 있다.
기다림도 오래되면 습관이 된다

네가 온다는데
맘은 벌써 출렁이고
가슴은 저리도 절절한데
사람이 두려워 짐승이 운다

체면으로 가장한
안타까운 군상들 틈새에 내가 있다

습관을 내다 버리느라 오랜 시간이 걸렸다.
쭈뼛거리며 널 만나러 간다

황매화 실눈 뜨는 사월

석양은 여전히 제 몸을 사르며 물들고
시화전을 읽던 바람은
꽃대궁을 흔들며 공양을 한다
갑사 황매화 머무는 저녁
계곡에 흐르는 불경소리에
실눈 뜨는 꽃망울

버선꽃*

내게 와 줄 수 있느냐고
함께 산에 오를 수 있느냐고
선문답 하지 말라고
칭얼거림에도
진지해 줘서 고맙다
너도 이미 알아버렸겠지만
다만 너에게
투정을 부려보고 싶었던 게다
얼마나 보고 싶은지 아느냐고
참고 참아도 참아지지 않는 게 있더라고
고연 시리 너에게
터트리고 싶었던 게다

* 충남 예산 수덕사 덕숭산에 덕숭 낭자와 수덕 도령의 전설의 꽃

여름 소나기

스스로 몸을 헐어
이불이 되어주고
서로의 체온을 나눠주며
언제나 둘이 아닌 하나가 되고 싶어
줄기줄기 내려와 파고드는
이 아름다운 땀 냄새
초록 초록 태어나는
새벽 발자국

겨울 파도

쓰고는 지우고
썼다가 붙이지 않고
18세 소녀의 맘으로
심연 깊이 휘몰아치며
설레며 몰려온 사연을
세월이란 이름으로
절레절레 접으며 간다

장마

바람이 수상하다
개미들은 줄지어 이사 가는데
꿈쩍도 하지 않는
거미의 버선발이 흥미롭다

기쁜 선물

추운 겨울날
가난한 호주머니 속
따뜻한 군고구마가 되고 싶다.

가을 산행에서 돌아온
들꽃 한 다발이 되고 싶다.

생일날 건네줄
멈춰 선 시계가 되고 싶다.

추운 겨울 견디고 피워낸
인동초 향이 되고 싶다.

너에게
날마다 기쁜 선물이 되고 싶다

나이테의 겨울나기

가을 낙엽 떨어지듯
어느 날 갑자기
그렇게 잠적하는 게 아니다

너도 가슴 아파봐라
아니 너는 결코 아파하지 마라
날마다 들어와 독백을 쏟아놓더니
어느 날 갑자기 칩거하겠다니
고마워해야 하는 거니
미안해야 하는 거니

날마다 풀어놓는
너의 수다는 얼마나 불안하냐
겨울을 지내기 위해 딱딱한 고치를 만들어놓고
이제 혼자 들어앉겠다니
혹 잊은 건 아니니
우리에게 주어진 시간이 영원하지 않음을
너와 내가
영혼의 울림을 주고받을 수 있는 게
언제나 허락되리라고 믿고 있는 건 아닌지

아직 칩거할 준비가 되어있지 않아 지껄이지만

이해를 구하진 않겠다
네 맘이 편하다면 차라리
너의 고치에 낙엽을 덮으러 떠나야겠다
바람도 떠날 땐 가슴에 닿고 간다는데
어느 날 갑자기 그렇게 잠적하는 게 아니다

따뜻한 강

안개로 가득한 아침
찻물 우리며
사람 하나 두려고 거울을 앉힌다

인적조차 나지 않는 텅 빈 사무실에
이야기 나눌 사람 하나 그리워
거울 속으로 걸어 들어간다

밖을 보아도
차곡차곡 돌로 쌓은 벽이
도무지 열릴 생각이 없다
가둔 시선을 풀어 허공을 향해본다
마음껏 날아도 좋을 하늘이 보인다
큰 숨을 들이마셨다가 내뱉어도 편안한 하늘이다

나무도 얼마나 반가웠으면
하늘 향해 가지를 흔들어 대고 있는 걸까
사람 나무 한 그루 해와 달 먹구름과 천둥 번개들까지
거울 속에서 손을 흔든다
나도 웃고 너도 웃는다
찻잔을 권하며 서로를 위해 건배를 한다
거울 속에서 걸어 나오는 너의 입김이 따뜻하다

오랜 친구

옷장 속에 입지 않은
여러 벌의 옷 중에
하나여도 안 되고
어쩌다 호사하고 싶을 때
신발장 열고 꺼내 신는
유리 구두여도 안 되고
사진첩에 끼워 둔
빛바랜 동무 중
하나여도 안 되고

고무줄 바지에 뒤집힌 옷 개의치 않고
편안하게 만날 수 있는
뚝배기 같고 김칫국 같은
비가 오면 비가 좋다고
눈이 오면 눈이 좋다고
어깨를 기대어 걸을 수 있는

그리우면 언제나 우연히 만나
차 한 잔 나눌 수 있는
넘치지 않으며
목마르지도 않게
욕심 없이 살아낸 옹달샘 같은

바로 당신

노부부

1.

따뜻한 체온
말캉한 살의 느낌
살아있구나
그거면 됐다

2.

서로에게 미안한 일 만들지 않기로
신이 허락한 시간
누구도 알 수 없기에
오늘 밤 서로 화해하고 잠들기를

연미산 연정

사랑이란
서로의 노을을 바라보며
붉게 물든 수줍음에 손뼉 치는 것

사랑이란
눈보라 함께 맞으며
잡은 손을 놓지 않는 것

사랑이란
아침이슬 서로 닦아주며
영롱한 너의 빛을 응원하는 것

꽃씨 심고 싶은 날

거친 흙 속을 믿어보기로 하자
작년 가을에 마음 놓고 간
금화규 씨 주머니

단비 내리시니
부지깽이를 꽂아도 잎이 날 기세
흙 자갈 속에서도 싹트고 싶은 날

어둠 속 눈물 달여내면
너의 생각
되살아나는 아름다운 순간

꿈꾸면 만날 것 같아
겨우내 잠들었던 흙 속을 간질인다
조금만 더 힘을 내자고

간격

그거 아세요
너무 만지고 쪼물거리면 싫어해요
이쁘다고 매일 물 주고 파헤치면 뿌리가 썩잖아요
풀도 나무도 간격이 필요하다는 거
너와 나도 마찬가지

부끄럽다

너였구나!
설설 기어 나오는 네가 너무도 징그러 힘껏 내리치면
설레발치며 우수수 잘려나가던 무수한 발들
훗날에 들은 돈벌레 그리마 얘기
빈대도 잡아먹고 해충의 알도 먹어치우는 익충이라니
어려서 짓뭉갰던 관성을 뉘우치며
이뻐하려니 미안한 노릇
예수는 제자들의 발을 씻어주셨다는데
쉰 개의 발만 보고도 오글거렸다니

목탁소리

믿기지 않겠지만
굳이 말하는 이유

내가 그렇다고?
발령 나서 가는 곳마다 들려오는
딱따구리 신혼집 일구는 소리

목구멍이 포도청이라
첫사랑도 못해본 그 여자

오월의 빛깔

아직 드러내지 못한 내 안의 슬픔은 무슨 색일까

오월의 신부
'눈 마주치지 말자'
슬픔도 준비가 필요한 것인지
애써 피하던 딸아이 눈빛

텅 빈 큰아이 방
두고 간 옷가지와 화장품에 묻어있는 눈물 자죽 닦아주며
산허리께 애간장이 허물어져 내리던 날
마음 수선집에 덩그러니 남아있던 어미 새가
거울 속에서 튕겨져 나왔다

슬픔은 무슨 색 옷을 입어야 하나
어떤 날은 파랑이었다가 어느 날은 회색으로
검은 날이 차라리 마음도 편해져
목 주위가 낡은 줄무늬 옷을 들고
마음 수선집 주변을 서성거리다
속절없이 눈물 소매도 삭아서 올이 주저앉는 날이면
슬픔도 철퍼덕하니 퍼질러 앉아
막걸리 잔 거나하게 들이켜고 싶은 날이 있다

>
손주들 재롱에 슬픔은 절로 절로 짧아져
수선한 등허리가 훤히 굽어 보이는데
슬픔도 잦아지면 단골이 되는지
십 년 넘게 농담을 주고받던
마음 수선집을 내 집처럼 들락거린다
손주들이 좋아하는
초콜릿 봉지를 들고서

갑사 황매화 사연

마곡사 큰스님 기침하는 소리에
계룡 갑사 의상이 비질을 하네

남매탑 훈풍은 천년 사랑을 품은 채
노사나불 자비로 황매화에 스며드네

인천으로 끌려간 동종의 쇠 울음이
광복의 기운으로 되돌아오던 날

파전 익는 냄새는 노승의 빗자락에 매어달려
막걸리 잔 오 층 석탑 어처구니*가 웃네

* 중악단 지붕 위 잡상(어처구니)

3부
구부러진 기억

탱자꽃에도 상처가 있다

내 유년의 초가집 울타리가 되어준 탱자나무
유난히 큰 가시가 있어 쉽게 친해질 수가 없었어

공산성을 오르던 비탈길에도 있었지 큰 가시에 비해 꽃은
아주 작고 흰 것이 앙증맞았지 노랗게 익은 열매를 따다
찔려 너를 원망하곤 했어 내 혀의 가시가 너의 심장을 찔
렀으리라고는 생각지 못했어

신맛과 쓴맛은 뱉어내고 단맛만을 맛보고 싶어 했지 떫
은맛은 던져버렸어 그땐 몰랐어 꽃과 열매도 상처 받는
다는 걸

내가 탱자가 되어 보니 알겠어. 신항리 145번지. 울타리
가 되어준 탱자. 널 만나면 자신을 지켜내느라 얼마나 힘
이 들었느냐고 위로하고 싶어
작고 여린 꽃에게도

두 사연

그게 뭡네까
아버님 모실 지겝니다
연세가 어케 되십니까
아흔둘에
아들 등에 업혀
금강산 구경 가십니다

하하하, 통과 하시라요
북측 안내원의 호탕한 웃음

아흔 넘은 아버지
지게에 모시고 금강산 유람하며
온몸에 피멍이 들어도
행복하다는 아들과

집 찾아온 아버지
냉방에 가두고
여행 떠난 아들이
한 하늘 밑에 살아가는 세상

하하하, 눈물 난다

요놈이 뭐길래
― 환청

새벽 두 시 반
한참 꿈속을 헤매며 잠잘 시간을 깨워대는
예의도 모르는 놈이다
아래로 주룩주룩 나이아가라 폭포처럼 쏟아지고
위로 트레비 분수처럼 뿜어져 나오는 건 대야에 받고
차례차례를 모르는 놈이다
산통이 따로 없다더니
아이고, 오마니!

단단하기가 누구를 닮았는지
두 번째 쇄석 후에야 두 조각이 났다
고집도 센 놈이다
신장에서 요로로 빼꼼 나왔다길래
칼 안 대고도 신통하다 칭찬했더니
다시 신장으로 들어갔단다
돌덩이를 몸 안에 품고 근심을 안고 산 지 삼주 째
한 놈은 욕조에서 한 놈은 소변기에서 발견되었다
신장과 요로에 피멍이 들게 하고
저만 쏘옥 빠져나온 요놈이 얄밉지만 반가웠다
사진을 찍고, 거즈에 싸서 애지중지 병원을 향했다
초음파 결과 깨끗이 빠져나왔단다
친정어머니가 손주 보신 후

마을 어귀부터 동네방네 묻는 사람 찾으셨다더니
내가 자식 낳은 사람마냥 자랑스러웠다
대견해서 어깨도 으쓱해 보이고 싶었다

'돌덩이를 품고 살믄 안되는겨
훌훌 털어내고 풀어내고 살아야제'

얼핏 그람 수로도 모자랄 듯한
요놈이 뭐길래
속앓이를 해댔실꼬
친정엄마 환청에 눈언저리가 시리다

봉황동 옛 골목길
— 반달 소년 김기평 선생님

이 집인가 저 집인가
내 스승은 검소한 은행나무

몸에도 입이 있어
땀으로 엮어 보낸 '논어'
'반달' 노래 들려주던 낡은 까치집
금강 노을 찰방대던 정직한 은행나무

'천당 가는 내 표도 한 장 구해줘'
스승님 아니면 누가 가실까
위에 계신 높은 분께 청하고 나니
봉황동 골목이 훤해져 온다

밥물

마을 어귀 뉘 집에서 뜸 들이는 구수한 냄새
밥물은 절로 절로 흘러넘쳐도
당신 없는 세상은 솔바람도 스산한 겨울

자식 입에 밥물 들어가는 것만 보아도
배부르다 좋아하시던 어머니
살아생전 뜨신 밥 한 그릇 못 해 드렸는데

꿈결에
비단 안개 두르고 다녀가시니
하늘 끝 처마마다 영산홍 밥물 들겠네

집에도 상처가 있다

너무 애쓰지 마
힘들면 힘들다 그래
아프면 아프다 그래
그래도 돼
그렇게 살아

참다가 곪아버리고
옹이마다 썩어지고 문드러져 녹아내리고
서까래가 내려앉도록
아이들 몰래 앓는 소리 한번 제대로 내지 못하고
가슴 무너지는 소리 누가 들을까 하여
달님 앞에서 울고
강물 앞에서 울고
입을 틀어막으며 폭포처럼 펑펑 울어도
자주색달개비 꽃눈처럼 강물에 비친 별빛은 무심히 빛나고
바다에 물든 일출은 여전히 아름다워

너무 애쓰지 마
그래도 돼
그렇게 살아

개미의 귀로 1

하루의 일을 마치고 승전가를 부르며
집으로 돌아가는 개미의 그림자가 전봇대에 부딪친다

이마와 어깨너머로 흐르는 하루의 땀방울은
식구들이 살아가야 할 하루치 양식이다.

한 치의 실수도 용서되지 않는 살얼음판을 걸으며
반딧불이 마냥 제 몸을 살라서 가게 문을 밝혀야
집으로 돌아갈 수 있다

개미의 귀로 2

하루살이에게는 없는 내일이 기다려주고 있다는 든든한 믿음이 마음을 들뜨게 하고, 움직이게 만든다. 엄숙하고 숙연하고 경건하기까지 하다. 드디어 잠자리에 들고, 베갯머리가 흥건하도록 고단한 땀으로 밤새 꿈을 꾸고, 가족들이 준 힘을 먹으며 이른 아침 집을 나선다.

원칙의 길은 어디에도 찾을 수가 없다. 길이 끊어진 곳에 무임승차 버스가 지나간다. 만원滿員이다. 몇 십 년째 어두운 터널에서 기다리지만 길은 보이지 않는다. 버스는 서지도 않고 지나가고 여전히 만원滿員이다 기진한 개미는 생각한다. 집으로 돌아가는 길은 남아있을까 엘리베이터가 보이기는 하는데.

고단한 땀으로 밤새 꿈을 꾸고, 가족들이 준 힘을 먹으며 이른 아침 집을 나선다 집으로 돌아오기 위해

운동화를 보내며

멀리서 보니 예쁜데
신어보니 발가락마다 불편하다

한때는
낯선 길도 함께 할
반려의 꿈을 꾸었으리라

길들여 신어야지
다잡고 신어 봐도
자꾸만 발이 아프다
고쳐 신을 수가 없다

인연 찾아 가거라
내 것이 아니면 돌아볼 일 아닌 것을
발이 편안해야 먼 길 동행할 수 있는 것을

신발장 열 때마다
첫사랑도 못했던
너의 생각

누군가의 발에 맞는
편안한 운동화로 살아가거라

얼렁 댕겨와유

언제부터일까 어머니를 찾아뵈는 일이 녹록지가 않다 어머니는 살림을 놓아버리신 듯하다 신발 한 켤레도 반듯하게 정리하던 분이시다 찬거리를 사다 드리다가 이제는 완제품을 해다 드려야 한다 그릇 안팎에 낀 누런 기름때는 세제를 써도 찐득거린다 냉장고의 반찬은 잔뜩 골이 나있다.

친정아버지가 돌아가시기 전에도 냄비에 거미줄 치듯 뿌옇게 골가지가 나 있었다 앞 집 할아버지의 눈이 우리집 토끼 눈처럼 빨개서 대문을 열지 못하고 무서워했던 유년의 기억이 선명하다

어머니의 길을 걷고 있는 우리에게 나이가 먹는다는 것은 무엇일까 둥근 보름달을 보며 빈다 사는 동안 아프지 않게 해 주세요 잠자듯 편안하게 데려가 주세요

가끔 묵집에 가면 하나를 더 산다 추어탕집을 가도 갈비탕집을 가도 맛이 있으면 하나를 더 사는 버릇이 생겼다
남편의 손에 봉지를 안긴다
얼렁 댕겨와유 ─

마음속 둥근 보름달이 어머니 집 앞까지 떠 있다

지렁풀 놀이 1

길가의 지렁풀을 뽑아 하얀 머리 부분을 잘근잘근 씹으면
단물이 난다 혓바닥이 얼얼해져 초록 멍이 들 즈음이면 지
렁풀로 머리를 땋았다 땋은 풀끼리 묶어 놓고 잽싸게 몸
을 숨긴다 길을 가다 넘어지면서 허방 지방 하던 모습이
어찌나 배꼽 잡을 일인지 결초보은은 안중에도 없다

놀거리란 게 풀을 엮어 놓고 지나는 이들이 넘어지는 모
습을 보고 웃는 일이라니 게임하는 손자에게 어찌 말해야
알까 헛웃음이 난다

어떤 이는 하루가 모자라고
누군가는 하루가 지루하다

지렁풀 놀이 2

내가 넘어지는 건 싫어하면서 남이 넘어지는 걸 놀이로
삼다니 발길질하던 분 누군가 볼 새라 벌떡 일어나신 분
용서하세요. 짓궂은 장난인 줄 알면서 넘어지던 어른들.
지금 생각하니 바삐 움직이는 어른들에게 쉼을 요구하는
놀이였네요

내가 넘어졌다고 세상이 멸망하는 것도 아니잖아요
에헤이, 맨땅에 헤딩하며 먼 길을 한걸음에 달려왔으니
방전 안 된 게 다행이잖아요
몸에도 쉼을 주세요

넘어져 보니
유년으로 돌아가
묶어두었던 지렁풀들을 모두 풀어놔야겠어요
숲으로 걸어 들어가 치유의 잠으로 충전하고 싶잖아요
일단은 쉬어가세요
넘어진 김에 바닥을 베개 삼아 천천히 쉬어가세요
쉴 자격이 없다고요?

지렁풀 놀이, 그게 좋겠다

등 붉어진 남자

제민천에 피어 웃는 검붉은 장미에
코를 벌름거리는 걸 보니
분명 장미 입술이 먼저와 닿은 게다

아, 그런 것이었구나
저 혼자 물들기 수줍어

연미산을 물들이고
금강물을 물들이고
제민천 바라보며 여리게 떨고 있는 장미를 물들이고
겨울 입술에 끝끝내 떨고 있는
그이의 등까지 붉게 물들였구나

첫눈 오기 전
제민천에 피어 웃는 검붉은 장미를 보러 가자고
가을 남자에게 재촉해야겠다

저 별은 알아줄지도 몰라

배고프던 시절
별은 너에게 빵이었다
입이 구주 하면
별은 너에게 과자였다
친구들에게 나누어주어도
매일매일 떠오르던 별 과자 빵

어느 날부터 별은 너의 하소연을 들어주는
친구였다.
더 많은 별들이 네게 귀 기울여 주는 밤이면
별을 품고 꿈을 꾸었다

별이 없는 밤이면 눈앞이 캄캄했다
오늘도 어두움뿐인 하늘을 올려다본다.
저 별은 알아줄지도 몰라
어둠 속 땀 흘리며 다가와 주는 별을 찾아 나선다

달팽이의 귀가

저녁이 되면
게슴츠레 풀린 붕어눈으로
제집 무게를 힘겨워하며 찾아드는 달팽이에게
어릴 적 물리게 먹던
어머니 된장국 냄새가 난다

집안 분위기가 푸른색일 때면
어머니 된장국에서 피 맛이 났다
아버지가 마작을 하고 새벽에 들어오신 날에도
엄마의 된장국은 여전히 피 맛이다
주렁주렁 고구마 매달리듯 배곯은 자식들 앞에서
한 번도 보이신 적 없던
강단 있는 어머니의 된장국 속에는
졸여진 눈물이 파도치고 있었다

인어공주가 나타나 위로해 주었는지 몰라도
그걸 먹고 자라난 우리 해마 속에
드라큘라가 들어앉아 노래하고 있었는지 모른다

축 처져있던 달팽이 어깨 위에서
소금별이 쏟아져 내리고 있다

이민 간 소라껍데기

언제부터인가 자리를 차지하고 있는지 모를
너에게서 바다 내음이 난다
먼바다의 비밀을 간직하고 돌아온 너에게
알맹이는 가고 빈 껍질뿐인
바닷가 이야기를 듣는다.

그때는 비단 신발을 신고
애기씨라며 머슴들이 따라다녔다나
검정 고무신도 빨리 떨어졌으면 해서
신작로 바닥에 문질러 대던 코흘리개인 내게
먼 나라 얘기만 같아 외면해 보지만
자꾸만 따라붙는 장 서방의 눈 껌벅거리는 얼굴과
마루 끝에 엉덩이 들이밀며 컹컹거리던 모습이 떠올라
잠이 오질 않는 밤이면
껍데기뿐인 소라를 가만히 귀에 대고
전설 같은 얘기를 듣는다

도련님적 아버지의 표정은 일그러지고
온 가족은 바람에 흔들리는 호롱불을 불안해한다
급기야 막걸리 주전자도 취했는지 마당에서 춤을 추고
고구마로 점심을 때우던 아이들은 투명인간

>

뽀얀 양복에 맥고모자를 쓰고 금강산 열두 폭포를 유람하
던 할아버지의 비보悲報는 서울서 공부하다 돌아온 큰아
버지를 놀부로 변신시킨다. 하루아침에 흥부가 된 아버
지는 고래등 같던 기와집에서 쫓겨 나와 형님네 담장 문
을 두드린다 철벽 친 대문은 꿈적도 않고 열리지 않는다.
둔포 장날 어김없이 취한 장 서방이 부잣집 도련님 얘기
를 질펀하게 싸놓고 돌아가는 날이면 온 집안은 푸른색이
다. 아버지는 참았던 울화통을 짊어지고 막걸리 배를 잡
아탄 채 습관처럼 미국으로 이민을 간다 아버지 잠꼬대를
받아내는 건 방구석 막걸리 배 멀미에 취해 이민 간 소라
껍데기뿐이다

철없던 시절 이민은 세상이 무너져 내리는 일인 줄만 알
았다 놀부네는 배불러 망하고 흥부네는 배곯아 흥한다는
얘기가 실화였다니! 어린 찔레순 꺾어먹으며 코흘리개였
던 우리들이 아버지 무덤에 앉아 흙먼지가 되어 용서를
구하던 어머니의 새벽기도 소리 들어보시라고
소라껍데기 올려드린다

눈물의 처음

바다의 처음은 육지였다

때론 강물에 눈물방울로 떠있고
삼태귀신으로 가라앉았다가
손각시 물안개로 피어나고
골짜기 몽달귀신 바람 타고 능선을 넘나들며
외갓집 처마 밑 고요한 반지꽃으로 피었다가
지하실 틈새 한줄기 빛을 따라 민들레꽃으로도 피어나는
육지의 끝에서 갈 곳 잃은 씨앗이 된다

내가 사라질 때 진화하며 다시 태어나는 꽃씨 한 줌
우리는 생각대로 그런 사랑이 된다
처음 사랑은 눈물일까

눈물의 처음은 바다일까

아버지 문갑

아랫목이다
오른쪽에는 낮은 반닫이 문갑이 차지하고 있다
빛바랜 한문책 종이로 도배된 여닫이 서랍장
따뜻한 아랫목을 내줄 정도면
귀한 것이 있을 거라 상상하며
우연히 열려있는 속을 보고야 말았다

누렇게 엮인 한문책들
쿰쿰한 냄새에 실망하여 돌아서려는 순간
뽀얀 주머니가 보였다
옳거니
몰래 열어보니
튼실한 땅콩 녀석들
귀한 땅콩이 왜
냉큼 꺼내다가
나도 먹고 너도 먹고 동네 코흘리개 친구들까지
나눠주며 한껏 인심을 써댔겠다

고구마로 끼니를 때우던 시절
고소하고 기름진 땅콩은 하늘이 준 선물이다
착하게 살고 볼 일이야

\>
원래 제 잘못은 모르고 합리화하기 마련
춥고 배고프던 시절을 까맣게 잊고 살았다

철이 들고야 찾아온 자리엔
잔디 대신 보라색 앉은뱅이 꽃들로 가득하다

자식들 배곯는 소리까지 참아가며
지켜내고자 했던 씨앗 주머니
아랫목 아버지 자리

숲속 걷기

신발장에 양말까지 가지런히 벗어놓고
물 둘레길을 천천히 걷노라면
숲 그늘이 따라와 말을 건넨다

맨발로 터덕터덕 걷다 보면
월성산 봉화대 뻐꾸기도 따라 걷고
주미산 물소리도 함께 걷고
철마산 골바람도 부채질해 주며
일락산 두리봉으로 넘어간다.

수원지 물빛이
어느 날은 즐거웠고
어떤 날은 애잔했다

얼마나 아팠느냐
물어오는 이 없어도
물결 따라 둘레길 걷다 보면
한가득 쏟아 놓은 거친 숨소리
신발장에 가지런히 벗어놓고
낙엽처럼 가벼워져 내려가고 있다

너의 그늘막이 되어줄게

전쟁이 시작되었다
원추리꽃 동네에 달개비풀이 들어왔다
일단은 공생해 보기로 하자
너와 함께 가는 유월은
총알 같은 더위도 막아주는 그늘이겠다

구부러진 기억

예수님도 참*,

누가 봐도 육십 넘은 젊은이 셋. 바람 그늘이 치근대며 따
라붙던 오월
하수원지에서 상수원지 둘레길을 호사롭게 걸었어
멈칫!
귀가 없다고 눈치까지 없을까 너희들 연애사에 끼고 싶은
마음은 없다만 그래도 좀 조심했어야지 직진 본능인 너를
지혜롭다 한 이유를 알겠다만 유년 시절 기억까지 소환해
낼 건 뭐니

이불을 펴고 누운 한밤중 머리 위에서 스르륵 장롱 아래
로 들어가는 널 보고야 말았어 식구들은 몰랐던 거야 장
롱 밑을 샅샅이 뒤져도 나오지 않던 네가 흙담 구멍과 간
통했다는 걸. 사실은 너도 사람이 얼마나 징그러웠겠니
솔잎을 따러 뒷동산에 갔을 때도 버섯 위에 똬리를 틀고
소중한 걸 지키고 있었지. 바구니를 집어던지고 뛰어내
려와 기억을 지우려 했지 너도 놀랐을 거란 생각은 미처
못했어. 구부러진 것만 봐도 원망과 미움의 뿌리를 키워
왔던 거야. 훗날 사육장에서 차갑고 축축한 널 만져보고
야 알았지

>

일어서려다 쓰러진 불면의 그림자들
구부러진 채로 지구 한쪽 바닥이 땀에 절어 있는 이유
바닥에서 굳은살 배기도록 기었던 것은
지혜롭게 날기 위함이었다는 것을

* 신약성경 마태복음 10장 16절 '뱀 같이 지혜롭고…'

깽깽이풀

언 땅에 묻혀 사는 깽깽이라고
함부로 판단하지 않기로 하자

가난한 골짜기에도 바람은 불어
지혜로운 빛을 뿜어내는데

누군들 아프지 않은 사연 있을까
베갯머리 뒤척이는 깽깽이풀

4부
너의 안부가 궁금한 날

봉황동 감나무

작약 향 맡으며 아침을 맞이하고 있군요
이 세상 어딘가에
태양이 떠올랐다는 말씀

그곳에도 새소리 들리는군요
이 세상 어딘가에
당신 숨소리 듣고 있다는 증거

별똥별이 그리고 간 빈 가지 끝
달님이 걸어놓은 까치밥 하나
그 끝에 당신 소원 걸어놨군요

이 세상 어딘가에
당신을 응원하고 있다는 소식

시 생각

밥을 먹듯
너를 먹는다

서둘지 않기로 하자
출발은 일렀으나
도착이 늦는다고
초조해하지 말기로 하자
천천히 아주 천천히
느리게 아주 느리게
은행나무 아래 서 있는
아이를 만나러 가자

생각을 걷어내고
생각을 떨어뜨리고
생각을 가지치기하여
해맑던 시절로
걸어 들어가자

밥이 익어가는 내음새
구수하다
드디어 까치집이 드러났다

골목길 촌색시

우체국에서 제민천을 따라 걷다가
공제 의원 옆 박목월선생이 장가간 예배당 마당
뒷골목으로 들어서면
봉황동 적산가옥이 반겨와 안긴다

연두 저고리에 주홍 치마 받쳐 입고
칠팔월이 가는 줄도 모르며
아침 문안 절을 올리던 촌색시
밥상을 들고 날던 쪽방 마루에
새 애기 밥을 얻어먹어야 정이 붙는다던
서울 애기씨와 시할머니
시어머니 시아버지 아주버님 형님 웃음소리

졸음을 깨워주던 텃밭 까치들
밀려오는 장마 구름에
울안 가득 뽑아야 할 강낭콩은 하품을 한다
연분홍 장미 덩굴 대문을 빠져나와
처음 올려다본 듯한 하늘과 연애하듯
콩닥거리며 골목길 쓸고 나면
하얀 앞치마로 안겨오던 바람이 달았다

골목길 쓸던 빗자루 오간데 없는 봉황동 29번지
소나기 맞던 고추 장독은 어디로 시집을 보냈는지
호박이 뒹굴던 지붕 위에 초승달이 웃고 있다

선운사 동백

선운사 동백나무 아랫도리
우는 아이 서 있네
초경을 하고서 부끄러운 듯

뻐꾸기시계

잠을 깨우고
점심시간을 알린다
가난하거나 부하거나
귀하거나 천하거나
남자나 여자나
어른이나 어린이나
도시나 산골 외로운 외딴섬에나
건강한이나 병상에나
언제나 누구에게나
상냥한 노래를 불러준다

건강하세요
즐거운 시간 되세요
평안하세요
행복한 하루 보내세요
누구나 듣고 싶고
모두가 들어야 할
간절한 소리

하늘을 나는 새에게도
공중에 매달린 거미들에게도
땅 속 굼벵이 친구들에게도

마을을 지키는 당산나무에게도
바닥에 누워 피는 질경이꽃 너에게도
친절한 말을 건넨다

나도 그러했던가

인디언과 소통하는 유월

앞 산 밤나무가 어디에 숨어서 하는지 아는 달
온 산을 밤꽃으로 연두 연두 불 밝히는 달
능소화 불룩한 엉덩이 씰룩거리는 달
은행나무 꽃이 짝짓기 한 후 떨어져 자는 달
뻐꾸기 소리에 주말 아침잠을 깨야 하는 달
저녁 산책길에 검은 등뻐꾸기 새에게
내 맘대로 응답해 주는 달
총 총새에게 총총 총총 용서 구하는 달
뒷 산 놀이터에 손주 얼굴 그려가며 바람그네 타는 달

나팔꽃 세상

버티다 보면
순식간에 지나는 것일까
견디다 보면
볕 들 날 오는 것일까

장마에 온몸이 찢어져
뿌리째 뽑혔는가 싶더니

보란 듯이
소금기 마른 어깨띠 띠고
보라 세상을 만들어 놓았다

버티고 견디다 보면
너의 세상도 오리라
곧 오리라 오리라

담쟁이덩굴

험난한 줄도 모르고 담을 올랐느냐고
바람이 물어온다

'온몸에 힘을 빼야 해'

지독한 날을 견뎌온 자리마다
그 손의 못 자국처럼 옹이가 남아있다

자갈 뭉갠 시멘트벽을 부둥켜안고 넘어야 했지만
지문이 닳아지고 손톱이 뭉개지도록 오를 수 있었던 건
바닥부터 네가 있기 때문이다

산사山寺의 겨울

바람 지나는 걸 보니 지금쯤 선운사에
부처님 맘 한 켠 내주어도 좋을
성불한 발자국 지나가겠다,

선운사의 겨울을 닮은 그 애와
밟고 지났던 눈길을 포개 안으며
인고의 땀방울로 젖어들겠다

산기山氣에 넋이 나가
밤늦도록 뒤척였을 발자국들이
부처님 자비로 환생해 오는 날

내소사로 향하리라
한 사람 생각에 젖어
부처님도 범접지 못할 수행에 들 것이니
소원을 빈다 한들 통通할 수 있을지

촌색시 눈웃음 같은 문살과 고즈넉한 풍경소리
산사의 바람만으로도 충분히 자비로운 내소사에서
허기진 날짐승들과
네발 달린 짐승과 목어와 풍경소리 끌어안으며
자유로운 겨울을 맞으리라

\>

바람 스치는 걸 보니 지금쯤 선운사에
부처님 맘 한 켠 내주어도 좋을
성불한 발자국 오고 있겠다

장군봉*의 시산제始山祭

세상 짐 짊어지고
인적 드문 장군봉에 올랐다.
암벽을 타다 이마의 땀을 닦으며
제 몸의 몇 배나 될 듯한
개미의 짐과 마주쳤다.
이놈은 나보다 더 중증重症인가 보다.
저놈의 갈 길을 안다면 대신 짐 옮겨주면 어떨까
먹구름 속 빗방울도 오락가락한 데
서둘러도 못다 갈 길을 ―
어쩌면 자존심이 센 놈일지도 몰라
그런데 그런 놈이 있기나 한 걸까
소나무 숲 여기저기 북어 대가리!
역겹도록 냄새나는 굿판을 누가 벌여놨을까
인적 드문 낭떠러지에 주인 없는 신발 한 켤레, 모자 하나
이것이 속세의 마지막 유품일까
저승길도 맨발은 허락지 않는 걸까
영혼도 모자를 쓰고 다니는 걸까
신발 속도 지나고 모자 위도 넘나드는
냉철한 저놈의 땀방울은 어디에 숨어 있는 걸까
누군가 이곳에 흘리고 지났을지도 모를
눈물 한 방울이
저놈에겐 은혜의 생명수일지 몰라
신神의 상에 부스러기일지도 몰라

* 공주시 계룡산 줄기에 있는 봉우리

널 떠나지 못하는 이유

갈대숲 아래 마른 눈물 서걱대는
주남저수지 천둥오리
깃털은 젖지 못하고

함박웃음 석양에 매달려
꿈꾸던 사람은 지금도
사진 속 그리움 심고 있다

갈대의 겨울

보고 싶은 세월도
빛바래 있으련만
쓰다만 편지처럼
가슴은 늘
석연찮은 몸서리
힘든 것들은 낙타 등을 타고
창문에 서걱 인다
뿌리가 말한다
끝날 때까지 끝난 게 아니다

유월 코리아

이 눅눅한 가려움
피비린내로 얼룩진 비무장지대
딱지 속 새 살이 돋는다

너의 안부가 궁금한 날

아무리 칼국수가 맛있어도 불으면 답이 없다

칠갑산 엉성이 손두부집이 코로나에 살아남았구나
상냥한 아지매가 건네는 손두부 맛에
거북이 등껍데기 같은 비지 얻어 들고
실실 장곡사 까치네로 간다

꽃에게
사진기를 들이미는 건
너에게 닿기 위함이다

사랑아, 가라

안개 기둥에 휩싸인 채로
사랑하는 법을 몰라
헤어질까 두려웠던
사랑아, 가라

남겨진 자의 텅 빈 가슴 할퀴며
사랑하는 법을 몰라
혼자 견디려고 하던
사랑아, 이젠 가라

종착역은 너무도 쉬이 오고
바람도 가고
달도 가고
사랑아, 이제는 가라

홀로 된다는 건
어둠 속 타오르고 남은 재마저 보내주는 것
사랑아, 새털처럼 날아서 가라

슬픔이 달콤해질 때까지

— 임영남 제3시집 『슬픔도 졸이면 단맛이 난다』에 대해

양애경 시인, 전 한국영상대 교수

슬픔이 달콤해질 때까지
— 임영남 제3시집 『슬픔도 졸이면 단맛이 난다』에 대해

양애경 시인, 전 한국영상대 교수

임영남 시인을 처음 만난 것은 공주 문인들의 행사에서였던 것 같다. 그 후 함께 할 일이 자주 생겼다. 교장선생님으로 재직했고 지금은 공주교대의 연구센터장으로 근무하고 있다고 한다. 시집을 묶게 되었으니 원고를 읽어봐달라고 한다. 이분에게도 시를 통해 이야기하고픈 가슴 깊은 곳의 사연이 있는가보다 싶었다.

이 시집 『슬픔도 졸이면 단맛이 난다』는 임영남 시인이 첫 시집 『겨울벗기』(1996)와 제2시집 『들꽃을 위하여』(2002) 이후 22년만에 묶는 3번째 시집이다. 아마도 육아와 직장 생활이라는 2가지의 큰 임무를 완수하는 동안 작품활동이 조금 뒤로 늦춰진 것이 아닌가 짐작이 간다.

1. 짧은 시들의 아름다움

이번 시집에 수록된 60여 편의 시를 읽으면서 제일 먼저 눈에 들어 온 것은 임영남 시인의 아름다움에 대한 관심이다. 몸에 걸친 옷이 꼭 명품처럼 보여서 물어보면, 살짝 웃으며 보세옷이어요 하는 걸 보면서 이 시인의 눈썰미가 보통이 아니란 걸 알았지만, 시에도 그러한 뛰어난 미감美感이 잘 반영되어 있었다.

특히 몇 편의 시에 주목하게 된다. 계절의 아름다움이 느껴지는 짤막한 작품들이다. 제일 처음 눈에 띄는 작품은 시 「눈길」이다.

입춘立春에게 편지가 왔다
어서 길을 내라고
우체통으로 향한
눈부터 쓸어야겠다
　　　　─「눈길」전문

때는 겨울. 마당엔 눈이 가득하지만 시인은 봄을 간절히 기다린다. 아직 입춘도 오지 않았지만 시인의 마음은 벌써 봄을 느끼고 있다. 사실 시인이 기다리고 있는 것은 어떤 소식이다. 그 반가운 소식은 아마도 우체통을 통해 오리라. 그래서 시인은 우체통으로 가는 방향의 눈부터 쓸어내겠다고 한다. 간절한 소망과 그것이 오리라는 희망이 느껴지는 작품이다.

남쪽 지방에선 겨울에도 동백꽃이 피고 진다. 동백꽃은 한 잎씩 지지 않는다. 동그랗고 예쁜 꽃모양을 유지한 채로 떨어져서 보는 사람을 아쉽게 한다. 시 「선운사 동백」은 낙

화의 아쉬움을 이제 막 아이에서 여자가 되는 소녀의 미묘한 감정에 비유하여 표현했다.

선운사 동백나무 아랫도리
우는 아이 서 있네
초경을 하고서 부끄러운 듯
—「선운사 동백」 전문

선운사의 동백나무는 고목古木이다. 가지가 옆으로 많이 벌어져서 마치 치마폭 같다. 그 치마폭 아래 빨간 동백꽃이 가득 떨어져 있다. 시인은 그 붉은빛을 이제 막 초경初經을 치르고 있는 소녀로 보았다. 갑자기 어른이 되는 길에 들어서게 된 자신을 발견한 소녀가 두려움과 부끄러움으로 울고 있다. 겨울에서 초봄 사이. 시인은 쓰지 않았지만 어쩐지 나뭇가지에 하얀 눈이 얹혀 있을 것 같다. 짧은 3행의 시가 많은 느낌을 전해주며 처연한 아름다움을 보여준다.

계절은 다시 흘러서 초여름이다. 「여름 소나기」를 읽으면 농촌의 초여름이 떠오른다. 찌는 듯한 무더위 속 농번기다. 대기 속에는 뜨거운 수증기가 가득하고 타는 듯한 햇볕 아래서 사람들은 과일나무의 꽃을 솎고 잡초를 뽑아주고 쓰러진 모를 일으켜 세운다. 해가 지면 쓰러지듯 고단하게 잠든다.

스스로 몸을 헐어
이불이 되어주고
서로의 체온을 나눠주며

언제나 둘이 아닌 하나가 되고 싶어

줄기줄기 내려와 파고드는

이 아름다운 땀 냄새

초록 초록 태어나는

새벽 발자국

　　　　　　　 —「여름 소나기」 전문

　공기와 습기가 못 견딜 만큼 뜨거워지면 터져나오는 게 소나기다. 시인은 소나기를 하늘과 땅, 여자와 남자가 만나 하나가 되는 의식儀式처럼 느낀 것 같다. 이 시를 읽으면 빗줄기가 땅과 만나 피어오르는 흙냄새가 물씬 느껴지는데, 이것을 시인은 '아름다운 땀냄새'라고 했다. 그리고 이러한 하늘과 땅의 만남을 통해 초록색의 생명들이 태어나는 것이다. 풋풋하고 관능적인 여름의 계절감이 잘 나타난 시다.

　시 「장마」도 짤막한 4행 속에 많은 이야기거리가 숨겨져 있는 듯하다.

바람이 수상하다

개미들은 줄지어 이사 가는데

꿈쩍도 하지 않는

거미의 버선발이 흥미롭다

　　　　　　　 —「장마」 전문

　때는 장마철 큰비가 내리려 하는 시점이다. 대기 속에 불안한 기운이 돌고, 여기에는 쓰여져 있지 않지만 뉴스에서는 연속으로 산사태 위험과 하천 범람에 대한 경고가 뜨고 있으리라. 미물들도 저 위험한 것은 본능적으로 안다. 개미들은 둑이 떠내려가서 몰살될 위험에 처한 것을 알고 집단으로 대피 중이다.

그런데 거미는 왜 움직이지 않을까. 시인은 거미를 바라보고 있다. 거미는 거미줄을 쳐놓고 가만히 웅크리고 있다. 줄을 움켜쥐고 있는 거미의 발까지 관찰하는 시인의 시선이 세심하다. 시끄러운 것과 조용한 것, 요동치는 것과 정지해 있는 것. 세상에는 언제나 양쪽 면이 있다. '흥미롭다'고만 말하고 시인이 숨기고 있는 말이 뭘까? 궁금하다. 답을 이야기해주지 않는 것도 시인의 전략인 것 같다.

2. 삶의 고난 속에서

이 세상에서 살아남는 일은 어렵다. 금수저로 태어나면 세상이 훨씬 물렁할 것 같지만, 일단 금수저로 태어나는 일의 확률이 희박하며, 그들은 그들 나름대로 짊어져야 할 짐이 있을 것이다. 대부분의 사람들은 자신의 자리에서 최선을 다해 살아남은 생존자들이다. 머리가 좋고 용모가 단정하고 세상에 대한 적응력이 뛰어난 사람에게도 삶은 만만치 않은가 보다.

험난한 줄도 모르고 담을 올랐느냐고
바람이 물어온다

'온몸에 힘을 빼야 해'

지독한 날을 견뎌온 자리마다

그 손의 못 자국처럼 옹이가 남아있다

　　　―「담쟁이덩굴」 부분

　임영남 시인의 시 「담쟁이덩굴」에서 시인의 삶을 짐작해볼 수 있다. 햇빛이 잘 드는 곳을 향해 한 발 한 발 오른 삶이다. 그러나 바람이 흔들어 떨어뜨리려 한다. '험난한 줄 모르고 담을 올랐느냐?'고 비웃기까지 한다. 덩굴은 생존의 요령을 획득한다. '힘을 주기보다는 오히려 힘을 빼야' 역풍에서 살아남을 수 있다는 것이다. 단, 목표를 위한 의지는 한순간도 잊지 말아야 한다. 그 지독한 긴 시간을 버텨낸 손바닥에는 옹이가 남는다.

　필자가 다니던 중학교 건물 벽에도 커튼처럼 촘촘하게 담쟁이덩굴이 덮여 있었다. 저 덩굴이 어떻게 벽에 붙어 있는지 궁금해서 덩굴을 들쳐 본 적이 있었다. 줄기에서 나온 작은 돌기들이 벽에 딱 붙어 있었다. 마치 식물이 손가락 마디마디로 벽을 붙잡고 있는 것 같아서 떼내어 보았는데, 돌기가 벽에 그대로 남았다. 손가락이 부러질망정 절대로 그 벽에서 떨어질 수 없다는 담쟁이의 단호한 의지가 느껴졌다.

　「개미의 귀로」1과 2에는 임영남 시인의 그러한 생존에의 의지가 잘 표현되어 있다. 무엇이 그렇게 그녀를 힘들게 했는가를 작품을 통해 구체적으로 알기는 어렵지만, 「개미의 귀로 2」는 그녀를 힘들게 하는 것이 무엇인지 짐작케 한다.

　원칙의 길은 어디에도 찾을 수가 없다. 길이 끊어진 곳에

무임승차 버스가 지나간다. 만원滿員이다. 몇 십 년째 어
두운 터널에서 기다리지만 길은 보이지 않는다. 버스는
서지도 않고 지나가고 여전히 만원滿員이다. 기진한 개미
는 생각한다. 집으로 돌아가는 길은 남아있을까 엘리베
이터가 보이기는 하는데.

고단한 땀으로 밤새 꿈을 꾸고, 가족들이 준 힘을 먹으며
이른 아침 집을 나선다. 집으로 돌아오기 위해
　　　　—「개미의 귀로 2」부분

　이 시 속의 화자는 원칙이 지켜지지 않는 세상에 서 있다.
오래도록 목표를 이루기 위해 노력했지만 목적지로 가는
버스는 내 앞에 서지 않고, 이미 무임승차자들로 만원인 상
태다. 내가 힘들여 얻으려 하는 것을 다른 사람들이 힘들이
지 않고 얻는 걸 보면 좌절하지 않을 수 없을 것이다. 몸이
힘든 것보다 마음이 힘든 것을 참기 어렵다.
　그래도 화자에겐 지지해주는 가족이 있다. 개미처럼 일
하는 대다수의 사람들에게, 돌아갈 집이 있다는 건 마지막
희망과 위로일 것이다. 성공한 교육자이며 커리어우먼으로
서 사람들의 부러움을 사는 임영남시인에게도, 삶은 만만
치 않게 험난한 도전이었음을 느끼게 하는 작품이다.
　그런 경험을 통해 시인은 마음의 성장을 이룬다. 시「탱자
꽃에도 상처가 있다」는 '이해理解'를 주제로 한다. 시인이 어
린시절 살던 집의 울타리를 이루었던 탱자나무는 큰 가시
를 가지고 있고 꽃도 작았으며 열매는 떫었다. 무엇 하나 사
랑스러운 점이 없어서 관심 두지 않았다. 그런데, 살다 보

면 자신이 그런 탱자같은 취급을 받게 되기도 한다.

> 신맛과 쓴맛은 뱉어내고 단맛만을 맛보고 싶어 했지 떫
> 은맛은 던져버렸어 그땐 몰랐어 꽃과 열매도 상처 받는
> 다는 걸
>
> 내가 탱자가 되어 보니 알겠어. 신항리 145번지. 울타리
> 가 되어준 탱자. 널 만나면 자신을 지켜내느라 얼마나 힘
> 이 들었느냐고 위로하고 싶어.
> 작고 여린 꽃에게도
> ──「탱자꽃에도 상처가 있다」 부분

　사람들은 보통 달면 삼키고 쓰면 뱉는다. 자신에게 이익
이 될 때는 쉽게 한편이 되지만 조금만 이해관계가 어긋나
면 안면이 싹 바뀌기도 한다. 거기에 반발하면 까칠하다는
비난이 돌아온다. 시인은 비로소 이해한다. 탱자나무가 자
신을 해치려는 사람과 짐승을 피하기 위해 몸에 가시가 돋
쳤다는 것을. 그래서 시인은 탱자에게 '자신을 지켜내느라
얼마나 힘이 들었느냐'는 위로를 전한다. 사물과 사람에 대
한 이해의 폭이 넓어진 것이다.
　시 「집에도 상처가 있다」는 임영남시인이 진솔하게 자신
의 속내를 드러낸 작품이다. 이 시에서 그녀는 '힘들어도 힘
들다 말 못하고 아파도 아프다 말 못하는' 삶에 대해 위로의
말을 전한다.

> 너무 애쓰지 마

힘들면 힘들다 그래
아프면 아프다 그래
그래도 돼
그렇게 살아

참다가 곪아버리고
옹이마다 썩어지고 문드러져 녹아내리고
서까래가 내려앉도록
아이들 몰래 앓는 소리 한번 제대로 내지 못하고
가슴 무너지는 소리 누가 들을까 하여
달님 앞에서 울고
강물 앞에서 울고
입을 틀어막으며 폭포처럼 펑펑 울어도
자주색달개비 꽃눈처럼 강물에 비친 별빛은 무심히 빛
나고
바다에 물든 일출은 여전히 아름다워

너무 애쓰지 마
그래도 돼
그렇게 살아
―「집에도 상처가 있다」 전문

집에 어려운 일이 생긴다. 끙끙 앓으면서도 힘들단 말도
아프단 말도 못하는 건 가족을 위해서다. 특히 아이들은 집
에 닥쳐온 위기와 부모의 고민에 민감하게 영향을 받는다.
그래서 부모는 '서까래가 내려앉고 가슴이 무너져도' 아이

들 앞에서 어려운 표시를 내지 않으려 한다. 참다못해 집을 뛰쳐나오면, 들끓는 마음과 달리 세상이 여전히 평화롭고 아름다워서 더 서럽다. 시인은 말한다. 너무 애쓰지 말고, 너무 참지 말고, 편하게 살라고. 어쩌면 이 말은 너무 많이 참았던 자신에게 주는 위로처럼 들린다.

3. 나를 지탱해주는 힘, 가족

임영남 시인을 보면 주변 사람들에게 참 극진하다는 느낌을 받는다. 「봉황동 옛 골목길」 같은 작품들을 보면 임시인이 공주교대 시절 은사님들의 사랑을 듬뿍 받은 듯한데, 아마도 어려서부터의 가정교육과도 관련이 있을 것이다. 임시인은 대가족의 일원으로 자란 듯한데, 시 「어머니의 된장국」을 보면, 집안의 분위기를 짐작할 수 있을 것 같다.

> 달차근한 햇마늘 줄기처럼
> 당차게 키워내신 육 남매
> 고단한 땀방울
>
> 고춧대 자작한 아궁이불
> 슬픔도 졸이면 단맛이 나는지
> 뚝배기 속 고만고만한 수저가 자란다
> ─ 「어머니의 된장국」 전문

6남매를 둔 집이다. 어지간 넉넉한 집이 아니라면 기르고 먹이고 교육시키기가 쉬울 리 없다. 어머니는 아궁이에 고 촛대로 불을 때어 밥을 짓고, 남은 불에 국을 끓여내신다. "슬픔도 졸이면 단맛이 나는지"라는 구절이 빼어나다. 그 한 구절에는 많은 사연과 의미가 담겨 있다. 어머니의 고 단한 노동으로 지탱하는 어려운 형편이고, 뚝배기에 특별 한 재료도 넣지 않고 졸여낸 된장국이지만, 가족이 함께 하 는 밥상은 꿀처럼 달다. 그 덕분에 6남매는 햇마늘 줄기처 럼 쑥쑥, 달차근하고 당차게 자랄 수 있었다고 시인은 노래 한다.

시 「앉은뱅이꽃」에서 어머니는 이미 이 세상에 안 계시 다. 들에 핀 앉은뱅이꽃-제비꽃-을 보며 시인은 어머니의 유언을 떠올린다. '우애 있게 살아.'라는 말씀이다. 어미새 처럼 연신 먹이를 물어다 막둥이 입에 넣어주시던 어머니 가 그리워서 시인은 무덤가에 핀 앉은뱅이 꽃에 말을 건다.

「어머니의 된장국」과 「앉은뱅이꽃」에서처럼, 자식에게 가장 어머니를 생생하게 떠오르게 하는 것은 역시 밥에 얽 힌 추억이다. 시 「밥물」에서 임영남 시인은 밥 뜸들이는 냄 새에서 어머니를 떠올린다.

마을 어귀 뒤 집에서 뜸 들이는 구수한 냄새
밥물은 절로 절로 흘러넘쳐도
당신 없는 세상은 솔바람도 스산한 겨울

자식 입에 밥물 들어가는 것만 보아도
배부르다 좋아하시던 어머니
살아생전 뜨신 밥 한 그릇 못 해 드렸는데

꿈결에

비단 안개 두르고 다녀가시니

하늘 끝 처마마다 영산홍 밥물 들겠네
　　　　　　　　　　 ―「밥물」 전문

　가슴 저리게 아름다운 작품이다. 주부들은 밥물이 끓어
넘치려 할 때 불을 줄이고 뜸을 들인다. 밥물은 밥을 못 넘
기는 환자나 우유를 못 먹는 아기에게 미음, 그러니까 생명
수가 되기도 한다. 평생 자식 입에 밥 넣어주시느라 자신의
밥은 챙기지 못하시던 어머니를 잃고, 자식은 후회할 일만
많아진다. 왜 내가 밥하여 어머니를 대접하지 못했을까. 이
젠 밥물이 넘쳐흐를 만큼 흔한 세상인데 왜 어머니가 안 계
실까.

　마지막 연에서 어머니는 비단 안개를 두르고 석양빛에 물
들어 계신 모습으로 나타난다. "하늘 끝 처마마다 영산홍
밥물 들것네"라는 구절이 선연하게 아름다운 것은, 시인의
마음에 간직한 어머니의 모습이 마치 선녀처럼, 중생을 살
리는 관음보살처럼 성스럽기 때문일 것이다.

　시집 안에는 어머니 외에도 가족에 관한 시가 많이 눈에
띈다.「아버지 문갑」에는 아버지가,「신혼집」에는 새색시였
을 때의 시댁 가족이,「등 붉어진 남자」에는 남편이,「얼렁
댕겨와유」에는 시어머님이 각각 등장한다. 모두 소중한 인
연이며 시인의 든든한 지지자들이라는 느낌이다.

　그런데, 가족에 대한 시 중에서「봄 편지」가 유난히 눈에
들어온다.

웃음이 입술 가득 번질 수 있다는 건
가슴 뿌듯하여 먹지 않아도 배부르다는 건
혼자 있어도 늘 콧노래가 이어진다는 건

네가 있기 때문이다

자궁 속에 돛을 달고
목표도 없이 출렁이고 있다는 건
나이도 점령할 수 없다는 건

네가 있기 때문이다
　　　　　　　　　　 ―「봄 편지」 전문

　시인의 어머니가 자식 입에 밥물만 들어가도 배부르시다
던 것처럼, 이제 시인 역시 '가슴 뿌듯하여 먹지 않아도 배
부른' 자식을 가지게 되었다. 생각하기만 해도 웃음이 흐르
고, 혼자 있어도 외롭지 않고, 하물며 늙어가는 것도 두렵
지 않다고 한다. 자식이란 그렇게 든든한 존재인가 보다.
　시 「오월의 빛깔」에서 시인은 오월의 신부가 된 딸의 결혼
식 날, 딸과 눈을 마주치지 않으려 애써 피했다고 썼다. 마
침 직접 물을 수 있는 기회를 이용하여 시인에게 왜 그러셨
느냐 물으니, 눈을 마주치면 좋은 날 울게 될 것만 같아서
그랬다고 한다. 빈 둥지 증후군이 느껴지는 이 시의 말미는
다행히 '손주들 재롱에 슬픔이 짧아졌다'는 해피엔딩이다.
어머니와 딸, 손녀로 이어지는 인연의 소중함을 강하게 느
끼며, 가족이 시인을 치유해주고 지탱하게 해주는 힘인 것

을 알게 된다.

4. 슬픔이 달콤해질 때까지

여기까지 읽어내려오니, 임영남 시인이 인생이라는 심한 몸살을 겪어낸 과정을 곁에서 지켜본 것 같은 느낌이 든다. 누구나 부러워할 만한 위치에 있고 순조로운 삶을 산 것 같아 보이는 사람에게도 삶은 역시 만만치 않은 것이었나 보다.

시「숲속 걷기」를 읽으면, 급류를 타고 온 배가 기슭에 닿은 것처럼 편안해진다. 시인의 마음이 잔잔한 회복의 단계에 접어들었음을 보여주기 때문이다.

　　신발장에 양말까지 가지런히 벗어놓고
　　물 둘레길을 천천히 걷노라면
　　숲 그늘이 따라와 말을 건넨다

　　맨발로 터덕터덕 걷다 보면
　　월성산 봉화대 뻐꾸기도 따라 걷고
　　주미산 물소리도 함께 걷고
　　철마산 골바람도 부채질해 주며
　　일락산 두리봉으로 넘어간다.

　　수원지 물빛이
　　어느 날은 즐거웠고
　　어떤 날은 애잔했다

얼마나 아팠느냐

물어오는 이 없어도

물결 따라 둘레길 걷다 보면

한가득 쏟아 놓은 거친 숨소리

신발장에 가지런히 벗어놓고

낙엽처럼 가벼워져 내려가고 있다

　　　　—「숲속 걷기」전문

　맨발로 친근한 이름의 봉우리들을 하나하나 밟으며 시인
은 낙엽처럼 가벼워진다. 해내야 할 일들과 이루어야 할 목
표, 지켜야 할 사람들 때문에 정작 자신의 고달픔을 돌아볼
여유도 없었던 긴 시간은 마침내 지나갔다. 그리고 이제 스
스로를 토닥토닥 위로해 줄 수 있게 되었다.

　그리고 마지막으로 시「나팔꽃 세상」에 이른다.

장마에 온몸이 찢어져

뿌리째 뽑혔는가 싶더니

보란 듯이

소금기 마른 어깨띠 띠고

보라 세상을 만들어 놓았다

버티고 견디다 보면

너의 세상도 오리라

곧 오리라 오리라

'나팔꽃'이라 이름 붙여진 그대로, 나팔꽃은 입을 활짝 연 모습으로 핀다. 폭우로 줄기가 찢겨나가고 덩굴이 땅바닥에 떨어져도 푸른 보랏빛으로 만발하여 다음과 같이 소리친다고 임영남 시인은 노래한다. '버티고 견디다 보면 / 너의 세상도 오리라 / 곧 오리라'고. 이 부르짖음은 자식에게, 제자에게, 자기 자신에게 주는 격려의 메시지로 들린다.

어머니께서 고된 땀방울을 졸여내어 단맛이 도는 된장국을 6남매의 밥상에 올려놓으셨듯이, 임영남 시인은 폭우와 폭풍 속에서 살아남은 나팔꽃의 메시지를 독자에게 전한다. 슬픔을 피하지 말고 달콤해질 때까지 조련해 보라고.

임 영 남

임영남 시인은 충남 아산에서 출생했고, 1995년《詩와 詩論》(현 문예운동)으로 등단했다. 시집으로는『겨울 벗기』(1996), 『들꽃을 위하여』(2002) 등이 있고, 논문집으로 『오장환 시 연구』(1997)가 있다. 청주 신인예술상(1997)과 청하문학 신인상(2002)을 수상했고, 현재 금강여성문학 동인, 풀꽃시문학, 한국문인협회 공주지부 회원으로 활동하고 있다.

『슬픔도 졸이면 단맛이 난다』는 임영남 시인이 등단 22년만에 묶는 세 번째 시집이다. 『슬픔도 졸이면 단맛이 난다』는 표제시처럼, 이 세상의 삶의 지혜와 그 서정적인 감수성이 진하게 배어 있는 시집이라고 할 수가 있다.

이메일   dusrnrhks1@daum.net

임영남 시집
슬픔도 졸이면 단맛이 난다

발 행   2024년 9월 1일
지 은 이   임영남
펴 낸 이   반송림
편집디자인   반송림
펴 낸 곳   도서출판 지혜, 계간시전문지 애지
기획위원   반경환
주   소   34624 대전광역시 동구 태전로 57, 2층 도서출판 지혜
전   화   042-625-1140
팩   스   042-627-1140
전자우편   eji@ji-hye.com
              ejisarang@hanmail.net
애지카페   cafe.daum.net/ejiliterature

ISBN   979-11-5728-550-1   03810
값   10,000원

* 이 도서는 2024 충남문화예술지원사업에서 창작 지원금을 지원받아 제작되었습니다.